PREMIÈRE MESSÉNIENNE.

LE JEUNE DIACRE,

OU

LA GRÈCE CHRÉTIENNE.

A M. POUQUEVILLE *.

De Messène au cercueil fille auguste et plaintive,
Muse des grands revers et des nobles douleurs,
Désertant ton berceau, tu pleuras nos malheurs;

* Ce récit, dont le fonds est véritable, appartient au Voyage de M. Pouqueville. Il est simple et touchant dans sa prose, et le lecteur y trouvera peut-être quelque charme, s'il n'a pas trop perdu dans mes vers.

Comme la Grèce alors la France était captive....
De Messène au cercueil fille auguste et plaintive,
Reviens sur ton berceau, reviens verser des pleurs.

Entre le mont Évan et le cap de Ténare,
La mer baigne les murs de la triste Coron;
Coron, nom malheureux, nom moderne et barbare,
Et qui de Colonis détrôna le beau nom.
Les Grecs ont tout perdu : la langue de Platon,
La palme des combats, les arts et leurs merveilles,
Tout, jusqu'aux noms divins qui charmaient nos oreilles.

Ces murs, battus des eaux, à demi renversés
Par le choc des boulets que Venise a lancés,
C'est Coron. Le croissant en dépeupla l'enceinte;
Le turc y règne en paix au milieu des tombeaux;
Voyez-vous ces turbans errer sur les créneaux?
Du profane étendard, qui chassa la croix sainte,
Voyez-vous, sur les tours, flotter les crins mouvants?

Entendez-vous, de loin, la voix de l'infidèle,
Qui se mêle au bruit sourd de la mer et des vents?
Il veille, et le mousquet dans ses mains étincelle.

Au bord de l'horizon le soleil suspendu,
Regarde cette plage, autrefois florissante,
Comme un amant en deuil, qui pleurant son amante
Cherche encor dans ses traits l'éclat qu'ils ont perdu,
Et trouve, après la mort, sa beauté plus touchante.
Que cet astre, à regret, s'arrache à ses amours!
Que la brise du soir est douce et parfumée!
Que des feux d'un beau jour la mer brille enflammée!...
Mais pour un peuple esclave il n'est plus de beaux jours.

Qu'entends-je? C'est le bruit de deux rames pareilles,
Ensemble s'élevant, tombant d'un même effort,
Qui de leur chute égale ont frappé mes oreilles.
Assis dans un esquif, l'œil tourné vers le bord,
Un jeune homme, un chrétien, glisse sur l'onde amère.

Il remplit dans le temple un humble ministère :
Ses soins parent l'autel ; debout sur les degrés,
Il fait fumer l'encens, répond aux mots sacrés,
Et présente le vin durant le saint mystère.

Les rames de sa main s'échappent à la fois ;
Un luth, qui les remplace, a frémi sous ses doigts.
Il chante... Ainsi chantaient David et les prophètes ;
Ainsi, troublant le cœur des pâles matelots,
Un cri sinistre et doux retentit sur les flots,
Quand l'Alcyon gémit, au milieu des tempêtes :

« Beaux lieux, où je n'ose m'asseoir,
« Pour vous chanter dans ma nacelle
« Au bruit des vagues, chaque soir,
« J'accorde ma lyre fidèle ;
« Et je pleure sur nos revers,
« Comme les Hébreux dans les fers,
« Quand Sion descendit du trône,

« Pleuraient au pied des saules verts,
« Près des fleuves de Babylone.

« Mais dans les fers, seigneur, ils pouvaient t'adorer;
« Du tombeau de leur père ils parlaient sans alarmes;
« Souffrant ensemble, ensemble ils pouvaient espérer :
« Il leur était permis de confondre leurs larmes :
« Et je m'exile pour pleurer.

« Le ministre de ta colère
« Prive la veuve et l'orphelin
« Du dernier vêtement de lin
« Qui sert de voile à leur misère.
« De leurs mains il reprend encor,
« Comme un vol fait à son trésor,
« Un épi glané dans nos plaines;
« Et nous ne buvons qu'à prix d'or
« L'eau qui coule de nos fontaines.

« De l'or! ils l'ont ravi. Dans la fureur des jeux,

« Du tabernacle en deuil la dépouille sacrée
« De leurs dés incertains suit l'oracle honteux,
« Ou brille sur le cou de la meute altérée
« Qui chasse le daim devant eux.

« O nature, ta voix si chère
« Cède à la peur de l'étranger :
« Sans accourir pour le venger,
« Le frère voit frapper son frère ;
« Aux tyrans, qu'il n'attendait pas,
« Le vieillard livre le repas
« Qu'il a dressé pour sa famille ;
« Et la mère, au bruit de leurs pas,
« Maudit la beauté de sa fille.

« Le lévite est en proie à leur férocité ;
« Ils flétrissent la fleur de son adolescence,
« Ou, si d'un saint courroux son cœur s'est révolté,
« Font, à coups redoublés, tomber son innocence
« Sous le bâton ensanglanté.

« Les rois, quand il faut nous défendre,
« Sont avares de leurs soldats.
« Ils se disputent des états,
« Des peuples, des cités en cendre;
« Et tandis que, sous les couteaux,
« Le sang chrétien, à longs ruisseaux,
« Inonde la terre où nous sommes :
« Comme on partage des troupeaux,
« Les rois se partagent des hommes.

« Un récit qui s'efface, ou quelques vains discours,
« A des indifférents parlent de nos misères,
« Amusent de nos pleurs l'oisiveté des cours :
« Et nous sommes Chrétiens; et nous avons des frères,
« Et nous expirons sans secours!

« L'oiseau des champs trouve un asile
« Dans le nid qui fût son berceau,
« Le chevreuil sous un arbrisseau,

« Dans un sillon le lièvre agile;
« Le ver se glisse dans un fruit;
« L'insecte des bois, quand il fuit,
« Caché sous la feuille qui tombe,
« Échappe au pied qui le poursuit....
« Notre asile à nous, c'est la tombe!

« Heureux qui meurt chrétien! Grand Dieu, leur cruauté
« Veut convertir les cœurs par le glaive et les flammes,
« Dans le temple où tes saints prêchaient la vérité,
« Où de leur bouche d'or descendaient dans nos ames
« L'espérance et la charité.

« Sur ce rivage, où des idoles
« S'éleva l'autel réprouvé,
« Ton culte pur s'est élevé
« Des semences de leurs paroles.
« Mais cet arbre, enfant des déserts,
« Qui doit ombrager l'univers,

« Fleurit pour nous sur des ruines,
« Ne produit que des fruits amers,
« Et meurt tranché dans ses racines.

« O Dieu, la Grèce, libre en ses jours glorieux,
« N'adorait pas encor ta parole éternelle;
« Chrétienne, elle est aux fers, tend ses bras vers les cieux:
« Dieu vivant, seul vrai Dieu, feras-tu moins pour elle
« Que Jupiter et ses faux dieux? »

Il chantait, il pleurait, quand d'une tour voisine
Un Musulman se lève, il court, il est armé.
Le turban du soldat sur son mousquet s'incline,
L'étincelle jaillit, le salpêtre a fumé,
L'air siffle, un cri s'entend..... l'hymne pieux expire.
Ce cri, qui l'a poussé? vient-il de ton esquif?
Est-ce toi qui gémis, Lévite? est-ce ta lyre
Qui roule de tes mains avec ce bruit plaintif?
Mais de la nuit déja tombait le voile sombre;

La barque, se perdant sous un épais brouillard,
Et sans rame, et sans guide, errait comme au hasard;
Elle resta muette et disparut dans l'ombre.

La nuit fut orageuse. Aux premiers feux du jour,
Du golfe avec terreur mesurant l'étendue,
Un vieillard attendait, seul, au pied de la tour.
Sous des flocons d'écume un luth frappe sa vue,
Un luth qu'un plomb mortel semble avoir traversé,
Qui n'a plus qu'une corde, à demi détendue,
Humide, et rouge encor d'un sang presque effacé.
Il court vers ce débris, il se baisse, il le touche....
D'un frisson douloureux soudain son corps frémit;
Sur les tours de Coron il jette un œil farouche,
Veut crier.... la menace expire dans sa bouche;
Il tremble à leur aspect, se détourne et gémit.

Mais du poids qui l'oppresse enfin son cœur se lasse;
Il fuit les yeux cruels qui gênent ses douleurs;

Et regardant les cieux, seuls témoins de ses pleurs,
Le long des flots bruyants il murmure à voix basse :
« Je t'attendais hier, je t'attendis long-temps;
« Tu ne reviendras plus, et c'est toi qui m'attends!

SECONDE
MESSÉNIENNE.

SECONDE

MESSÉNIENNE.

PARTHÉNOPE ET L'ÉTRANGÈRE.

O femme, que veux tu? — Parthénope, un asile.
—Quel est ton crime?—Aucun.—Qu'as tu fait?—Des ingrats.
—Quels sont tes ennemis?—Ceux qu'affranchit mon bras;
Hier on m'adorait, aujourd'hui l'on m'exile.
— Comment dois-tu payer mon hospitalité?
— Par des périls d'un jour et des lois éternelles.
— Qui t'osera poursuivre au sein de ma cité?
—Des rois.—Quand viendront-ils?—Demain.—De quel côté?
—De tous... Eh bien! pour moi tes portes s'ouvrent-elles?
— Entre, quel est ton nom? — Je suis la Liberté!

4

Recevez-la, remparts antiques,
Par elle autrefois habités;
Au rang de vos divinités
Recevez-la, sacrés portiques;
Levez-vous, ombres héroïques,
Faites cortége à ses côtés.
Beau ciel Napolitain, rayonne d'alégresse;
O terre, enfante des soldats;
Et vous peuples, chantez; peuples, c'est la Deesse
Pour qui mourut Léonidas.

Sa tête a dédaigné les ornements futiles,
Les siens sont quelques fleurs qui semblent s'entr'ouvrir;
Le sang les fit éclore au pied des Thermopyles,
Deux mille ans n'ont pu les flétrir.

Sa couronne immortelle exhale sur sa trace
Je ne sais quel parfum dont s'enivre l'audace;
Sa voix terrible et douce a des accents vainqueurs,
Qui ne trouvent point de rebelle.

Ses yeux d'un saint amour font palpiter les cœurs,
Et la vertu seule est plus belle.

Le peuple se demande, autour d'elle arrêté,
Comment elle a des rois encouru la colère.
« Hélas! répond cette noble étrangère,
« Je leur ai dit la vérité.
« Si jamais sous mon nom l'imprudence ou la haine
« Ébranla leur pouvoir, que je veux contenir,
« Est-ce à moi d'en porter la peine?
« Est-ce aux Germains à m'en punir?

« Ont-ils donc oublié, ces vaincus de la veille,
« Ces esclaves d'hier aujourd'hui vos tyrans,
« Que leurs cris de détresse ont frappé mon oreille,
« Qu'auprès d'Arminius j'ai marché dans leurs rangs.
« Seule, j'ai rallié leurs peuplades tremblantes;
« Et, de la Germanie armant les défenseurs,
« J'ai creusé de mes mains, dans ses neiges sanglantes,
« Un lit de mort aux oppresseurs.

« Vengez-moi, justes Dieux qui voyez mes outrages.
« Puisse le souvenir de mes bienfaits passés
« Poursuivre ces ingrats, par l'effroi dispersés!
« Puissent les fils d'Odin errants sur les nuages,
« Le front chargé d'orages,
« La nuit leur apparaître à la lueur des feux,
« Et puissent les débris des légions romaines,
« Dont j'ai blanchi leurs plaines,
« Se lever devant eux!

« Que dis-je? Rome entière est-elle ensevelie
« Dans la poudre de leurs sillons?
« Mon pied, frappant le sein de l'antique Italie,
« En fait jaillir des bataillons.
« Rome, ne sens-tu pas, au fond de tes entrailles,
« S'agiter les froids ossements
« Des guerriers citoyens, que tant de funérailles
« Ont couchés sous tes monuments?

« Génois, brisez vos fers; la mer, impatiente

« De vous voir secouer un indigne repos,
« Se gonfle avec orgueil sous la forêt flottante,
« Où vous arborez mes drapeaux ».

« Veuve des Médicis, renais, noble Florence!
« Ouvre-moi tes bras triomphants,
« Préfère à l'esclavage, où dorment tes enfants,
« Ton orageuse indépendance.

« O fille de Neptune, ô Venise, ô cité
« Belle comme Vénus, et qui sortis comme elle
« De l'écume des flots, surpris de ta beauté!
« Épouvante Albion d'une splendeur nouvelle.
« Doge, règne en mon nom; sénat, reconnais-moi;
« Reveille-toi, Zéno; Pisani, lève-toi:
« C'est la Liberté qui t'appelle. »

—Elle dit : à sa voix s'agite un peuple entier.
Dans la fournaise ardente
Je vois blanchir l'acier;

J'entends le fer crier
Sous la lime mordante;
L'enclume au loin gémit, l'airain sonne, un guerrier
Prépare à ce signal sa lance menaçante,
Un autre son coursier.

Le père chargé d'ans, mais jeune encor d'audace,
Arme son dernier fils, le devance et prend place
Au milieu des soldats.
Arrêté par sa sœur, qui rit de sa colère,
L'enfant dit à sa mère:
Je veux mourir dans les combats.

Que n'auraient-ils pas fait ceux, en qui la vaillance
Avait la force pour appui?
Quel homme dans la fuite eût mis son espérance,
Et quel homme aurait craint pour lui
Cette mort, que cherchaient la vieillesse et l'enfance?»

Ils s'écrièrent tous d'une commune voix:
« Assis sous ton laurier que nous courons défendre,

« Virgile, prends ta lyre et chante nos exploits:
« Jamais un oppresseur ne foulera ta cendre. »
Ils partirent alors ces peuples belliqueux,
Et trente jours plus tard, oppresseur et tranquille,
Le Germain triomphant s'enivrait avec eux
Au pied du laurier de Virgile.

La Liberté fuyait en détournant les yeux,
Quand Parthénope la rappelle.
La déesse un moment s'arrête au haut des cieux;
« Tu m'as trahie; adieu, dit-elle,
Je pars.—Quoi pour toujours?—On m'attend.—Dans quel lieu?
—En Grèce. —On y suivra tes traces fugitives?
—J'aurai des défenseurs.—Là, comme sur mes rives,
On peut céder au nombre.—Oui, mais on meurt: adieu! »

TROISIÈME MESSÉNIENNE.

5

TROISIÈME MESSÉNIENNE.

AUX RUINES DE LA GRÈCE PAYENNE.

O sommets de Taygète, ô rives du Pénée,
De la sombre Tempé vallons silencieux,
O campagnes d'Athène, ô Grèce infortunée,
Où sont pour t'affranchir tes guerriers et tes dieux!

Doux pays, que de fois ma muse en espérance
Se plut à voyager sous ton ciel toujours pur!
De ta paisible mer, où Vénus prit naissance,
Tantôt du haut des monts je contemplais l'azur;
Tantôt, cachant au jour ma tête ensevelie

Sous tes bosquets hospitaliers,
J'arrêtais vers le soir dans un bois d'oliviers
Un vieux pâtre de Thessalie.
« Des dieux de ce vallon contez-moi les secrets,
« Berger, quelle déesse habite ces fontaines?
« Voyez-vous quelquefois les nymphes des forêts
« Entr'ouvrir l'écorce des chênes?
« Bacchus vient-il encor féconder vos coteaux?
« Ce gazon, que rougit le sang d'un sacrifice,
« Est-ce un autel aux dieux des champs et des troupeaux,
« Est-ce le tombeau d'Eurydice?
Mais le pâtre répond par ses gémissements:
C'est sa fille au cercueil qui dort sous ces bruyères;
Ce sang, qui fume encor, c'est celui de ses frères
Égorgés par les musulmans.

O sommets de Taygète, ô rives du Pénée,
De la sombre Tempé vallons silencieux,
O campagnes d'Athène, ô Grèce infortunée,
Où sont pour t'affranchir tes guerriers et tes dieux!

« Quelle cité jadis a couvert ces collines?
« Sparte, répond mon guide... Eh quoi! ces murs déserts,
Quelques pierres sans nom, des tombeaux, des ruines,
Voilà Sparte, et sa gloire a rempli l'univers!
Le soldat d'Ismaël, assis sur ces décombres,
Insulte aux grandes ombres
Des enfants d'Hercule en courroux.
N'entends-je pas gémir sous ces portiques sombres?
Mânes des trois cents, est-ce vous?...
Eurotas, Eurotas, que font ces lauriers-roses
Sur ton rivage en deuil par la mort habité?
Est-ce pour faire outrage à ta captivité
Que ces nobles fleurs sont écloses?
Non, ta gloire n'est plus, non, d'un peuple puissant
Tu ne reverras plus la jeunesse héroïque
Laver parmi tes lis ses bras couverts de sang,
Et dans ton cristal pur sous ses pas jaillissant
Secouer la poudre olympique.
C'en est fait, et ces jours que sont-ils devenus,
Où le cygne argenté, tout fier de sa parure,

Des vierges dans ses jeux caressait les pieds nus,
Où tes roseaux divins rendaient un doux murmure,
Où réchauffant Léda, pâle de volupté,
Froide et tremblante encore au sortir de tes ondes,
Dans le sein qu'il couvrait de ses ailes fécondes
Un dieu versait la vie et l'immortalité?
C'en est fait; et le cygne, exilé d'une terre
Où l'on enchaîne la beauté,
Devant l'éclat du cimeterre
A fui comme la liberté.

O sommets de Taygète, ô rives du Pénée,
De la sombre Tempé vallons silencieux,
O campagnes d'Athène, ô Grèce infortunée,
Où sont pour t'affranchir tes guerriers et tes dieux!

Ils sont sur tes débris! Aux armes! voici l'heure
Où le fer te rendra les beaux jours que je pleure!
Voici la liberté, tu renais à son nom;

Vierge comme Minerve, elle aura pour demeure
Ce qui reste du Parthénon.
Des champs de Sunium, des bois du Cythéron
Descends, peuple chéri de Mars et de Neptune!
Vous, relevez les murs, vous, préparez les dards!
Femmes, offrez vos vœux sur ces marbres épars :
Là fut l'autel de la fortune.
Autour de ce rocher rassemblez-vous, vieillards,
Ce rocher portait la tribune;
Sa base encor debout parle encore aux héros
Qui peuplent la nouvelle Athènes.
Prêtez l'oreille.... il a retenu quelques mots
Des harangues de Démosthènes.
Guerre, guerre aux tyrans! Nochers, fendez les flots!
Du haut de son tombeau Thémistocle domine
Sur ce port qui l'a vu si grand;
Et la mer à vos pieds s'y brise en murmurant
Le nom sacré de Salamine.
Guerre aux tyrans! soldats, le voilà ce clairon
Qui des Perses jadis a glacé le courage!

Sortez par ce portique, il est d'heureux présage :
Pour revenir vainqueur par là sortit Cimon,
C'est là que de son père on suspendit l'image!
Partez, marchez, courez, vous courez au carnage,
C'est le chemin de Marathon!

O sommets de Taygète, ô débris du Pyrée,
O Sparte, entendez-vous leurs cris victorieux?
La Grèce a des vengeurs, la Grèce est délivrée,
La Grèce a retrouvé ses héros et ses dieux!

ÉPILOGUE.

ÉPILOGUE.

A vous, puissants du monde, à vous, rois de la terre,
Qui tenez dans vos mains et la paix et la guerre,
A vous de décider si, lassés de souffrir,
Les Grecs ont pris le fer pour vaincre ou pour mourir,
Si du Tage au Volga, de la Tamise au Tibre,
L'Europe désormais doit être esclave ou libre.
Libre, elle bénira votre auguste équité;
Non qu'elle offre ses vœux à cette liberté,
Qui des plus saintes lois s'affranchit par le glaive,
Marche sans but, sans frein, sur des débris s'élève,
Triomphe dans le trouble, et, vantant ses bienfaits,
Pour un abus détruit enfante cent forfaits.
La sage liberté, qu'elle attend, qu'elle implore,

Qui préside à mes chants, que tout grand peuple adore,
Par le bonheur public affermit les états;
Créant des citoyens, elle fait des soldats,
Enchaîne la licence, abat la tyrannie,
Des pouvoirs balancés entretient l'harmonie,
Réunit les sujets sous le sceptre des rois,
Rapproche tous les rangs, garantit tous les droits,
Et, favorable à tous, de son ombre éternelle
Couvre jusqu'aux ingrats qui conspirent contre elle!
Ainsi le chêne épais reçoit sous ses rameaux,
Défend des feux du jour ces immondes troupeaux
Qui, cherchant à ses pieds leur sauvage pâture,
Des gazons soulevés flétrissent la verdure,
Insultent vainement dans ses profonds appuis
Ce tronc qui leur prodigue et son ombre et ses fruits,
Et les écraserait de ses vastes ruines
S'ils pouvaient de la terre arracher ses racines.

Ouvrages publiés par Souscription.

CHEFS-D'ŒUVRE DES THÉATRES ÉTRANGERS:

Allemand, Anglais, Chinois, Danois, Espagnol, Hollandais, Indien, Italien, Polonais, Portugais, Russe, Suédois; traduits en français par MM. AIGNAN, ANDRIEUX, Membres de l'Académie française; le baron de BARANTE, BERR, BERTRAND, CAMPENON, Membre de l'Académie française, BENJAMIN CONSTANT, CHATELAIN, COHEN, A. DENIS, F. DENIS, ESMÉNARD, GUIZARD, GUIZOT, LABEAUMELLE, LE BRUN, MALTE-BRUN, MENNECHET, Lecteur du Roi; MERVILLE, CHARLES NODIER, PICHOT, ABEL REMUSAT, CHARLES DE REMUSAT, le comte de SAINT-AULAIRE, le comte de St.-PRIEST, le baron de STAËL, TROGNON, VILLEMAIN, Membre de l'Académie française, VISCONTI.

FORMANT 20 vol. in-8° de plus de 500 pages.

CONDITIONS DE LA SOUSCRIPTION.

Pour être souscripteur, il suffit de se faire inscrire chez l'Éditeur.

Le prix de chaque volume est de 6 francs papier ordinaire, et 15 francs le grand papier vélin satiné : une livraison paraît tous les vingt jours. La collection entière sera publiée à la fin de mars 1823.

Le CONSTITUTIONNEL, le JOURNAL DES DÉBATS, le JOURNAL DE PARIS, le COURRIER FRANÇAIS, la QUOTIDIENNE, le MIROIR, ont en même temps, au fur et à

1

mesure que les douze premières livraisons paraissaient, signalé à leur lecteur cette importante entreprise, en la désignant comme le monument littéraire le plus important qui ait été élevé à l'art dramatique. Depuis trente ans, les noms honorables des littérateurs qui y concourent nous dispensent d'ajouter aucun éloge sur son exécution. Qu'il nous suffise de dire que celui-ci complètera, avec notre édition de Shakspeare et de Schiller, la collection des poètes dramatiques que la France n'a pas produits, et que, réuni à l'excellent Théâtre des Grecs de M. Raoul-Rochette, et au Théâtre des Latins de MM. Duval et Levée, qui n'a pas mérité moins de succès, il tiendra lieu d'une bibliothèque entière des Théâtres étrangers.

ŒUVRES COMPLÈTES DE SHAKSPEARE.

Traduites de l'anglais par F. GUIZOT,
Et le traducteur de lord Byron, ornées d'un beau portrait; précédée d'une notice biographique sur Shakspeare, par F. Guizot.

13 volumes in-8°, de 515 pages chacun.

Prix : chaque vol.......................... 5 fr.
Idem, papier satiné, 5 fr. 50 cent., et 15 fr. grand pap. raisin vélin.

Nous aurions pu réduire cette édition à dix volumes, selon la promesse du Prospectus, si les auteurs s'étaient contentés de reviser la première traduction; mais, outre les retranchements rétablis dans le corps des pièces, retranchements si nombreux (ils forment au moins trois volumes), que la modestie seule des traducteurs nous fait laisser le nom de Letourneur en tête de cette traduction nouvelle; notre édition s'est encore enrichie d'une tragédie tout entière (Périclès), et de deux poëmes de la jeunesse de Shakspeare (Vénus et Adonis et la Mort de Lucrèce), d'une Vie de Shakspeare, par M. Guizot (ouvrage très-important, et qui a près de 200 pages), et de trente-sept notices et de notes, qui n'ont pas peu contribué au succès de cet ouvrage.

C'est au succès et à l'empressement avec lequel le public a bien voulu accueillir cette entreprise, que nous devons l'idée de notre importante collection des Chefs-d'Œuvre des théâtres étrangers.

ŒUVRES DRAMATIQUES
DE
SCHILLER,

TRADUITES de l'allemand; et précédées d'une notice biographique sur SCHILLER, par M. de BARANTE, Pair de France;

ORNÉES D'UN BEAU PORTRAIT.

6 volumes. Prix.. 30 fr.

Papier satiné 33 fr., grand raisin vélin........................ 90 fr.

Le mérite de cette traduction remarquable a encore augmenté la réputation littéraire de son auteur, presque aussi distingué par l'importance des emplois qu'il a remplis, que par l'élévation, de son talent. Tous les journaux n'ont eu qu'une même opinion sur l'élégance avec laquelle il a reproduit le Théâtre du *Shakspeare* de l'Allemagne.

Ouvrages par Souscription.

ŒUVRES
DE
LORD BYRON.

QUATRIÈME ÉDITION entièrement revue et corrigée par A. P.....T.; précédée d'une Notice sur Lord BYRON, par CHARLES NODIER.

5 VOL. IN-8°, ORNÉS DE 27 VIGNETTES.

Cette édition paraît par livraison d'un volume; et chaque volume, composé de 500 pages, coûte 9 francs, papier satiné, aux souscripteurs.

Cinquante exemplaires seulement seront tirés sur grand raisin, vélin satiné, et coûteront 25 francs le volume, fig. avant la lettre et épreuves, eau forte.

Les cinq volumes seront finis le 15 de novembre 1822.

Pour rendre cette édition digne du but que je me suis proposé, je fais exécuter vingt-sept gravures d'après les beaux dessins de Westall, par les meilleurs artistes de notre école. Ce travail, déja très-avancé, qui n'aura rien à envier à celui des plus habiles graveurs de l'Angleterre, et qui ne fera cependant pas sortir mon édition de la proportion économique de vingt pour cent de prix d'achat (l'édition originale se vend 250 francs à Londres).

ŒUVRES COMPLÈTES

DE

MILLEVOYE.

DÉDIÉES AU ROI.

4 VOL. IN-8°, ORNÉS D'UN BEAU PORTRAIT.

Il est inutile de parler des succès que Millevoye a obtenu dans tous les genres qu'il a essayés; ils ne sont pas moins connus : et ses poésies inédites, qui composent près du tiers de cette nouvelle édition, comprendront sous ce rapport des choses très-nouvelles, et qui révéleront des secrets particuliers de son talent, que ses amis les plus familiers n'avaient pas tous devinés.

Dans le reste de ses ouvrages, on a suivi avec fidélité, sur un exemplaire de la dernière édition, les corrections nombreuses et pleines de goût qui attestent dans le spirituel auteur cette facilité laborieuse, le don le plus rare du poëte, et que Boileau se flattait d'avoir enseigné à Racine.

Cette édition, qui forme quatre volumes in-8°, est ornée d'un beau portrait, et précédée d'une Notice sur la vie de Millevoye, par un homme très-éclairé, dont l'amitié a présidé aux premiers développements de son talent. La mise en ordre des Œuvres a été confiée à M. Charles Nodier, qui fut un des meilleurs amis de Millevoye, et qui a reçu de ses dernières volontés cette intéressante mission.

Cette édition paraîtra par livraison d'un volume, de mois en mois, et chaque volume coûtera 6 francs 50 centimes, papier satiné, aux souscripteurs. Cinquante exemplaires seulement seront tirés sur papier grand-raisin vélin, et coûteront 20 francs le volume, figure avant la lettre.

La dernière livraison vient de paraître.

www.ingramcontent.com/pod-product-compliance
Ingram Content Group UK Ltd.
Pitfield, Milton Keynes, MK11 3LW, UK
UKHW032012260826
14628UKWH00005B/2446

9 782019 704872